W9-CKM-513

TIGARD PUBLIC LIBRARY
13500 SW HALL BLVD
TIGARD, OR 97223-8111
A member of Washington County
Cooperative Library Service

내 토끼 어딨어?

살림어린이

이 세상 모든 아이들에게 이 책을 바칩니다.

이 책에 소개된 이미지들은 손으로 그린 잉크 스케치와 사진을 조합시킨 것입니다. 스케치에는 디지털 방식으로 채색과 명암을 덧입혔습니다. 사진은 브루클린의 파크 슬롭에서 촬영한 것으로, 순수한 동심을 보호하는 차원에서 잡다한 도시적 풍경들을 삭제했습니다. 사진의 저작권은 저자에게 있습니다. (그랜드 아미 플라자의 파노라마 사진은 톰 드리스데일의 기술과 열정을 더해서 연출된 것입니다).

2008년 칼데콧 아너 상 수상
뉴욕 타임즈 선정 베스트셀러

KNUFFLE BUNNY TOO :
A CASE OF MISTAKEN IDENTITY
Text and Illustrations copyright © 2007 by
Mo Willems. All rights reserved.
First published in the United States
by Hyperion Books for Children under the title
KNUFFLE BUNNY TOO :
A CASE OF MISTAKEN IDENTITY.
Korean translation rights arranged with Sheldon
Fogelman Agency, Inc.

Korean translation copyright © 2008
by Sallim Publishing Co
Korean translation rights arranged with Sheldon
Fogelman Agency, Inc. through EYA(Eric Yang Agency)

이 책의 한국어판 저작권은 EYA (Eric Yang Agency)를
통한 Sheldon Fogelman Agency, Inc.사와의
독점 계약으로 '(주)살림출판사' 가 소유합니다.
저작권법에 의하여 한국 내에서 보호를 받는 저작물이므로
무단 전재와 복제를 금합니다.

내 토끼 어딨어?

살림어린이

어느 날 아침이었어요.
트릭시는 아빠와 함께 거리를 걸었어요.

트릭시는 이제 많이 커서
말도 곧잘 한답니다.

마고에게 보여 줄 거예요. 그러고 나서는 제인에게 보여 주고, 마고에게 보여 줄 거예요. 그 다음에는 릴라, 레베카, 노아, 로비, 토시에게 보여 줄 거예요. 그 다음에는 릴라, 레베카, 노아, 로비, 토시에게 보여 줄 거예요. 그런 다음에는…… 또 케이시, 코니, 파커, 브라이언에게도 보여 주고, 그런 다음에는……

트릭시는 쉴 새 없이 조잘거렸어요.

트릭시는 기분이
무척 좋았어요.
이 세상에 단 하나뿐인
꼬마 토끼를
아주 특별한 곳에
데려가는 중이었거든요.

유치원!

트릭시는 유치원 친구들과 그린그로브 선생님께
꼬마 토끼를 빨리 보여 주고 싶었어요.

"그럼 이따 보자."
아빠가 트릭시에게 뽀뽀를 했어요.
순간 트릭시는 소냐를 보았어요.

'어? 내 꼬마 토끼와 똑같네!'
세상에 단 하나뿐인 줄 알았던
꼬마 토끼가 또 있지 뭐예요.

그날 오전에는 트릭시에게 나쁜 일만 생겼어요.

오후에는 더 나쁜 일이 생겼지요.

수업이 끝나는 종이 울리자,
그린그로브 선생님께서 꼬마 토끼를 돌려주셨어요.

그제서야 트릭시는 기분이 조금 좋아졌어요.

집에 돌아갈 시간이 되었어요.

트릭시는 저녁밥을 먹고,

아이스크림도 신나게
먹었어요.

그러고는 이를 쓱쓱
닦았지요.

그런 다음에는
엄마 아빠와 로봇 놀이를 하며
자기 방으로 올라갔어요.

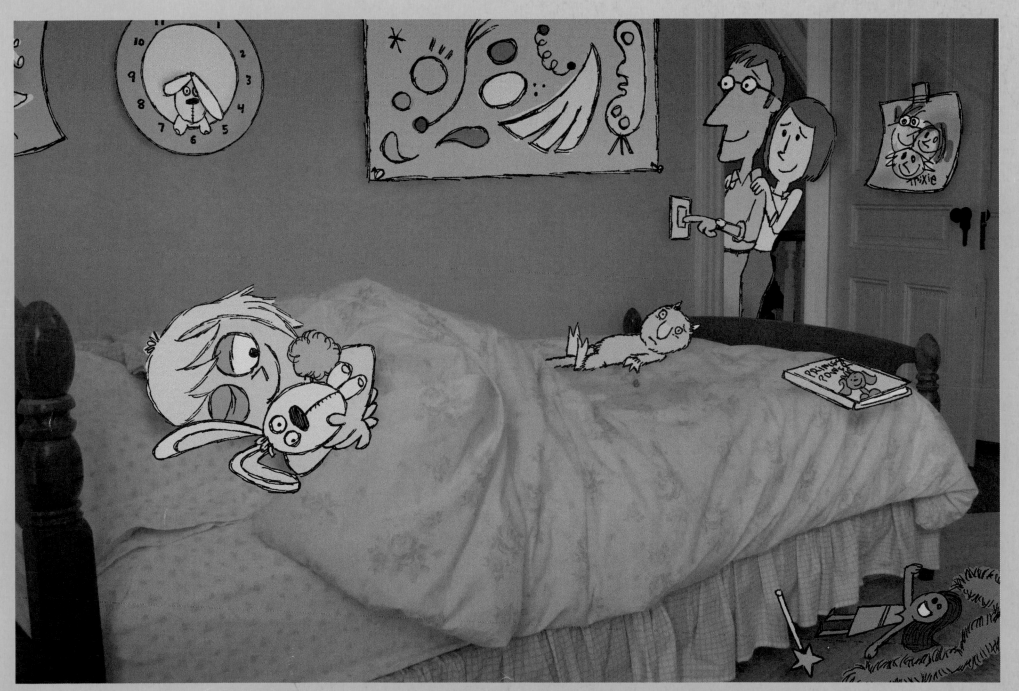

겨우 잠자리에 들었어요.

얼마나 잤을까······.

엄청난 사실을 깨달았어요.

트릭시는 엄마 아빠 방으로
당장 달려가서 말했어요.

아빠는 시간이 너무 늦었다며 트릭시를 달랬어요. 새벽 두 시 반이었거든요.

"지금은 자고 아침에 일어나서 찾아보자."
하지만 트릭시는 막무가내였어요.

결국 아빠는 전화를 걸기 위해 아래층으로 내려갔어요.

그런데 아빠가 계단을
다 내려가기도 전에

따르르릉!

전화벨이 울렸어요.

전화기 너머로 소냐 아빠의 목소리가 들렸어요.

아빠가 대답했어요.

그렇게 해서 트릭시는 꼬마 토끼가 어디에 있는지 알았어요.

트릭시는 아빠와 함께
부랴부랴 밖으로 달려 나갔어요.

트릭시는 조금이라도 빨리
꼬마 토끼를 찾고 싶었어요.

물론 소냐도 꼬마 토끼를
빨리 찾고 싶었지요.

트릭시 아빠와 소냐 아빠는 서로 꼬마 토끼를 바꾸었어요.

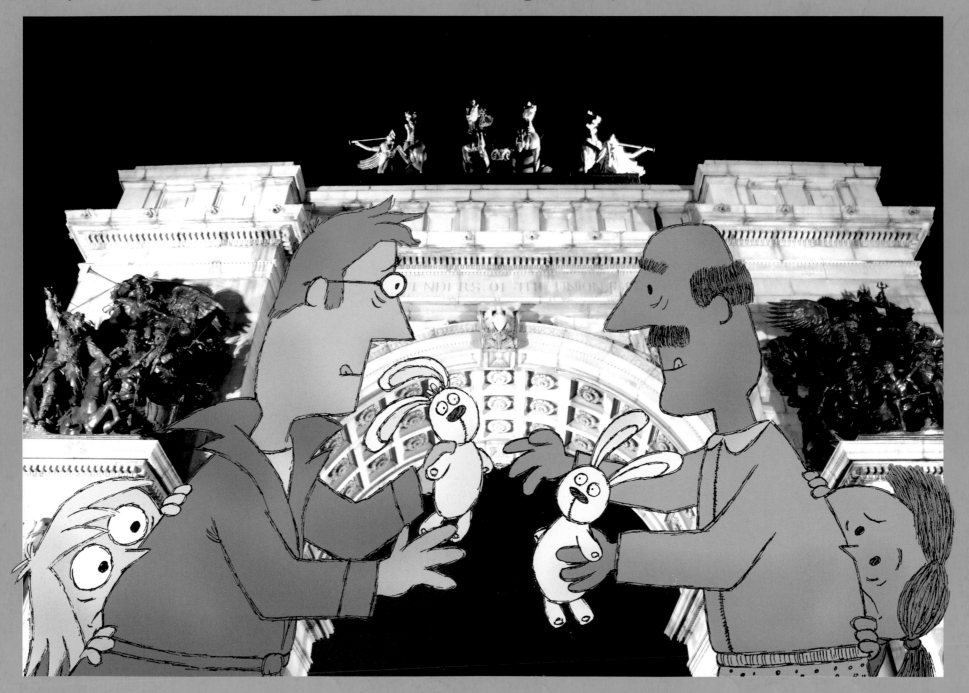

마침내 꼬마 토끼는

진짜 주인에게 돌아가게 되었어요.

소냐가 말했어요.

트릭시가 말했어요.

트릭시와 소냐가 똑같이 말했어요.

정말
똑같이
말했답니다!

그렇게 해서 트릭시와 소냐는 단짝 친구가 되었어요.

다음 날 아침,

유치원으로 향하는
트릭시와 소냐의 발걸음은 무척 빨랐어요.

새 단짝 친구와 함께 할 일이 아주 많았거든요.